Lithografie: Fotoreproduzioni Grafiche, Verona
Gesetzt wurde in der Veljovic
Druck: Wide World Ltd., Hong Kong
ISBN 3-85195-720-2

Bibliografische Information der Deutschen Bibliothek
Die Deutsche Bibliothek verzeichnet diese Publikation in der Deutschen Nationalbibliografie;
detaillierte bibliografische Daten sind im Internet über http://dnb.ddb.de abrufbar.

DER ZAUBERKRISTALL

BRIGITTE WENINGER

MIT BILDERN VON ROBERT INGPEN

MICHAEL NEUGEBAUER VERLAG

Auf einem hohen Berg nicht weit von hier wohnte Pico, der Zwerg.
Pico war herzensgut und freundlich, aber er hatte einen Buckel und ein hässliches Gesicht. Obwohl er nichts dafür konnte, schämte er sich.
So wohnte Pico ganz allein in seiner Höhle. Und weil er niemanden mit seinem Äußeren erschrecken wollte, stieg er nur nachts auf den Berg, um dort Steine zu klopfen.

Von Zeit zu Zeit kam ein zotteliger Stinktroll auf Besuch. Er schnüffelte grunzend in allen Ecken herum und guckte gierig in Picos Töpfe, bis ihm der gutmütige Zwerg etwas zu essen machte. Sobald der Troll das Essen verschlungen hatte, schob er seinen Napf fort und trottete ohne Gruß oder Dank wieder davon.

Als Pico in einer Vollmondnacht auf den
Berg stieg, hörte er ein feines, seltsames Klingen.
Bunte Lichter schimmerten im Dunkeln, als tanzten kleine Sterne
im Fels. Vor einer Wand drehten sich winzige Kristallmännchen im Kreis
und sangen:

„Es glitzert und funkelt der Zauberkristall,
er leuchtet und strahlt wie …“

An dieser Stelle entstand jedes Mal eine Pause. Die Männchen sahen
sich verwirrt an und begannen dann ihr Lied von vorne.

Pico tat es Leid, dass das hübsche Lied nicht vollständig war.
So sang er beim nächsten Mal mit und hängte selber ein Reimwort an:

„Es glitzert und funkelt der Zauberkristall,
er leuchtet und strahlt wie – der Sonnenball!"

Im Nu war Pico von jubelnden Kristallmännchen umringt.
„Wie schön!", riefen sie, „du bist ein Dichter! Ein Sänger!
Du hast unser Lied vollendet! Komm mit zum Kristallkönig – bitte!"

Die Kristallmännchen führten Pico durch einen dunklen Gang in die Tiefe. Noch nie war er so weit im Inneren des Berges gewesen. Und plötzlich stand der Zwerg wie verzaubert da.
Der Felsengang mündete in eine riesige Höhle – eine Höhle voller Kristalle!
Das Allerschönste war ein riesiger Kristall in der Mitte.
Er schimmerte in allen Farben des Regenbogens, als leuchte in seinem Inneren ein geheimnisvolles Licht.

Als der König erschien, wollte Pico verschämt sein Gesicht verstecken. Doch die Kristallmännchen ließen ihm keine Zeit dazu.
„Erzähle uns etwas“, bettelten sie. „Wir holen die schönen Kristalle aus dem Berg, aber sie sind stumm. Doch du kannst Geschichten und Gedichte machen!“
Pico war gerührt über diese Bitte. Er setzte sich nieder und begann zu erzählen ...
Viele Geschichten später winkte ihn der König zu sich.
„Deine schönen Worte und Gedanken waren dein Geschenk an uns“, lächelte er. „Zum Dank möchten wir dir auch etwas geben.“ Der König schlug ein Stück vom Riesenkristall ab und überreichte es Pico.
„Im großen Zauberkristall wohnt eine ganz besondere Kraft“, sagte er dazu. „Wer hindurchblickt, sieht alle Dinge im wahren Licht. Schau hinein, Pico, und erkenne, wie du wirklich bist ...“
Zögernd hob der Zwerg den Kristall ans Auge. Ein hoher Spiegel warf sein Bild zurück. Und wirklich – sein Inneres war so bunt, licht und schön, dass man den Buckel und das hässliche Gesicht gar nicht mehr bemerkte!
„Komm bald wieder, Pico“, sagte der König zum Abschied, „denn wir haben dich lieb gewonnen.“

Die Kristallmännchen begleiteten Pico vor das Felsentor und winkten ihm lange nach. Überglücklich lief der Zwerg nach Haus ...

Dabei drehte Pico den wunderbaren Zauberkristall zwischen den Händen und ließ Regenbogenlichter über die Felsen tanzen.
Das lockte den Stinktroll herbei. „Was'n das?", grummelte er.
Aufgeregt erzählte Pico, was er in der Kristallhöhle erlebt hatte.
„Warum hast du nicht den großen Klunker verlangt?", schimpfte der Stinktroll. „Wir könnten ihn zerschlagen und die Stücke verkaufen. Dann sind wir reich!"
"Wozu?", lachte Pico. „Ich habe jetzt Freunde.
Was will ich noch mehr?"

Wütend trottete der Stinktroll fort. ER wollte mehr!
Nacht für Nacht legte er sich nun auf die Lauer. Und wirklich: In der nächsten Vollmondnacht tanzten die Kristallmännchen wieder vor dem Felsentor. Dazu sangen sie ihr neues Lied:

„Es glitzert und funkelt der Zauberkristall,
er leuchtet und strahlt wie der Sonnenball!"

Da sprang der Stinktroll dazwischen und brüllte: „Stall! Knall! Metall!", denn er meinte, dass drei Reimwörter viel besser wären als eines.
Der Gesang brach ab. Die Kristallmännchen starrten den frechen Stinktroll an.
Dann packten sie ihn. „Du musst mitkommen zum König!", riefen sie zornig.

Der Stinktroll ging willig mit. Er meinte, dass er für drei Reime bestimmt die dreifache Belohnung bekommen würde!
In der Kristallhöhle sah sich der Troll gierig um. „Den dicken Brocken da will ich haben!", rief er und zeigte auf den Zauberkristall. „Und von den kleinen Glitzerdingern hier packt ihr mir auch einen Sack voll ein!"
„Nicht so schnell", mahnte der König. „Was hast denn du uns zu geben?"
„Ich habe euch schon drei Wörter geschenkt", fauchte der Stinktroll. „Jetzt will ich dafür bezahlt werden!"
„Gut", erwiderte der König. „Du sollst deine Belohnung bekommen!"
Er drückte dem Stinktroll einen Splitter vom Zauberkristall in die Zottelpfote: „Da, nimm und schau dir an, wie du wirklich bist. Und jetzt geh – wir wollen dich hier nie mehr sehen!"

Der Stinktroll ärgerte sich schrecklich über die dummen Kristallmännchen. Für drei Reimworte hatten sie ihm nur einen einzigen Zauberkristall gegeben! Aber vielleicht konnte er ja Picos Kristall stehlen und dann beide verkaufen ...
Als der Stinktroll zum Teich kam, hob er neugierig seinen Kristall ans Auge – und prallte erschrocken zurück: Sein Inneres war so finster und hässlich wie der Schlund eines alten Drachens!
Da heulte der Troll vor Wut und Entsetzen und verschwand tief, tief im Wald.

Der kleine Pico aber war und blieb glücklich.
Er versteckte sich nicht länger, arbeitete bei Tag und besuchte abends seine Freunde, die Kristallmännchen. Sie sangen, tanzten und lachten zusammen.
Und dann setzte Pico sich neben den großen Zauberkristall und erzählte all die schönen Geschichten, die ihm draußen in der weiten Welt zugeflogen waren ...